현대시세계 시인선 143

아무에게도 해독되지 않는 문장

이환 시집

아무에게도 해독되지 않는 문장

이환
시집

도서출판 북인

시인의 말

부르고 싶은 노래는 늘 먼 데서 들려오고
아무도 제 상처를 다 울지 못하네

2022 가을
이환

차례

시인의 말 5

1부

변방의 날들 · 13
고도를 기다리며 · 14
지나가는 사람 · 16
각을 세우다 · 18
핑퐁게임 · 20
그날 저녁의 문장 · 22
확증편향 · 24
한 가구가 몰락하는 줄도 모르고 · 26
문 · 28
붉은 사이렌 · 30
불법총기류 자진신고기간 · 32
피의자들 · 34
택시 사랑법 · 36
나는 접속한다 고로 · 38
복면의 자세 · 40
터를 잡는다는 것 · 42

승자의 윤리 · 44
열망의 이름들이 뒹굴고 흩어지며 · 46
사내들 · 48

2부

성여 · 53
레이디보이 · 56
북소리 · 58
블랙아웃 · 60
명예살인 · 62
푸른 가운의 그녀는 어느덧 당신을 방문하고 · 64
오래된 유산 · 66
낙인 · 68
표적 · 70
공개할 수 없는 그녀의 메모 · 72

예술이란 이름으로 · 74
누군가 당신의 밤을 호출한다면 · 76
참을 수 없는 존재의 비극에 대하여 · 78
과민한 사람 · 80
죽음이 담긴 박스 · 82
어느 가족 · 84
그는 지도에 적을 두지 않는다 · 86
오늘은 내일을 모르고 · 88

3부
귀를 자른 고흐처럼 · 93
저녁의 허기 · 94
사막이 되어가는 나날 속에서 · 96
미소의 배후 · 98
직립의 연대 · 100
숲과 하늘과 바람의 날들 · 102
칼의 고집 · 104

텀블러 · 106
모호한 슬픔 · 108
우리가 계단이라 부르는 · 110
풍경은 감홍이 되지 못하고 · 112
아울렛 · 114
난감한 가로수 · 116
야성을 찾아서 · 118
삽화 · 120
폐가 · 122
카페, 둔치도 · 124
글루미 먼데이 · 126

해설 '지금, 여기'에서 부르는 '먼 곳'의 노래 / 우대식 · 128

1부

변방의 날들

중심은 늘 먼 데 있었네
나는 변방의 자식
태생과 부모를 원망하고 형제를 배척했네
주변을 경계하며 외로 존재했네 그럴수록 나는
더 변방, 변방의 변방으로 밀려났네
빈방의 어둠 속에서 탄식만을 읊었네
살면서 오래

중심을 기웃대며 넘보기도 하고
밤잠 설치며 코피를 쏟기도 했지만
다행히 나는 실패했네
중심은 닿을 수도 머물 수도 없는
가없는 높이 같아서,

한때 중심의 신도였으나 이제
변방의 기수로 자처하네
먼 하늘 해설피 열리는 풍경과
새들의 합창이 경쾌한 소음이 되는 눈부신 변방
어쩔 수 없는 변방의 자식이었네

고도를 기다리며*

유명하기로 치자면 근방에서 그는 일인자다 대부분의 유명인이 그렇듯 사람들은 그를 아는데 정작 그가 아는 사람은 없다는 것, 그는 늘 열려 있는 무료 박물관 같아서 아무 감동도 없이 누구나 쉽게 그를 들락거린다 아침과 저녁 영하와 폭염에도 변함없는 자세로 이 문명에 처음 도착한 원시 부족민처럼 텁수룩한 수염에 꾀죄죄한 얼굴로 앉아 있다 앉아 있는 일 외엔 아무것도 할 수 있는 게 없는 사람처럼

이 도시는 마냥 춥고 무료하기만 해서 이따금 손을 부비거나 꾸벅꾸벅 졸기도 하면서 태아처럼 웅크리고 있다 밥은 어떻게 먹고 잠은 어디서 자는지 밤이면 제가 떠나온 먼 나라의 아득한 동굴에서 눈을 붙이다 오는지 마른 풀과 나뭇잎 몇 장 데리고 낯선 문명의 탐험가처럼 앉아 있다 어느 날 누가 건네준 빵 한 조각과 소주병이 이상한 나라의 이상한 음식 같아서 겨우 겨우 입술을 적시며 삼키는 것을 본 적이 있다 오래된 슬픔처럼 한 모금씩 느릿느릿하게

이런 장난 같은 21세기도 있다는 듯 모든 것을 통과하여 마침내 최후의 지점에 도달한 사람처럼 이곳만 버티면 원하는 그곳에 이르기라도 하는 것처럼 그 꿋꿋함에 아무도

다가가지 못하고 그는 계속 버려지고 있다 버려져도 버려지지 않는 꼿꼿함으로 앉아 있다 저러다 사라져도 하나도 아쉬울 게 없다는 듯이 생을 송두리째 거리에 헌납한 사람처럼 저만 모르고 다 아는 절대 오지 않을 고도를 기다리며 아무도 부러워하지 않는 자유인처럼 그는 앉아 있다

*사무엘 베게트 원작의 희곡 제목.

지나가는 사람

우리는 익숙한 타인입니다
규칙적인 시간을 함께합니다
한번도 변한 적이 없는 관계랍니다
먼 여행길에도
당신은 늘 거기 있습니다
서로를 벗어난 적이 없습니다

말은 삼가고 있습니다
우리는 함부로 다가가지 않고
괜한 호의를 베풀지도 않습니다
우리는 조심스럽고 공손합니다

만나지 않으면서 만나고 만나면서
한번도 만난 적이 없는 사람입니다
우리는 각자의 길을 묵묵히,
당신은 나의 뒤쪽을 나는
당신의 뒤쪽을 향해 걸어갑니다

발자국 소리만으로 단번에 서로를 알아차립니다만
어느 순간 모습을 감추어도 괜찮은 사람입니다

그렇게 배려하는 사이입니다
배려가 넘쳐 어쩌면 외로운 사람입니다
슬픔은 늘 각자의 몫입니다

우리는 서로 철저한 방관자면서
끝없이 참여하는 사람입니다
당신이 없어도 상관없지만
당신이 없으면 나도 없는 사람입니다
우리는 지나가는 사람입니다

계속 다가가지만 계속 멀어집니다
서로의 행방을 묻지 않습니다

각을 세우다

분리수거를 위해 박스를 정리한다
뾰족한 각은 납작하게 펴줘야 한다
손으로 안 되면 발로 뭉개서 묵은 기억을 지워야 한다
박스는 오랜 습관을 버리고 새롭게 태어날 것이다

나는 각으로 존재한다
무수한 각이 생겨나고 사라지면서 지금의 내가 되었다
그러니까 나를 키워온 것은 각이다
편협한 예각이 나의 주된 무기였으므로
경계와 의심의 날로 상대를 공격하며 나를 방어해왔다
나는 둔각의 여유를 갖고 싶었을 것이다

태어날 때 나는
세상을 향해 활짝 열려 있는 순진무구한 평각이었을 텐데
살기 위해 각을 좁혀왔다

신의 이름으로
관습과 편견으로

각은 단단한 뼈대를 짓는 일이라서 직립의 사명으로 오

롯하다

각이 각을 만나 곽을 지어 살고 관 속으로 들어가는 것이 한생이다
각은 부딪치면서 더 날카로워지거나 둥글어지기도 하고 없어지기도 한다

각을 세우고 허물면서 수없이 나는 태어나고 죽는다
내 안에 남은 각이 나를 자꾸 찌른다
마침내 각은 다 버려야 한다

핑퐁게임

공은 함부로 날뛰는 짐승 같아서
성질머리를 살살 달래주어야 한다
저돌적으로 날아온 공을 되받아 후려친다면
빗나가기 십상 이럴 땐
포물선을 그리듯 부드럽게 넘겨줘야 한다

아무 때나 라켓을 휘두르는 건 하수나 하는 일
상대가 방심한 틈을 타서 슬쩍 커트만 찔러줘도 된다
있는 힘껏 스매시를 날리거나
과감한 드라이브로 상대를 제압하는 것도 때론 필요하다
고수의 테크닉이란 그런 것

공을 갖고 놀 줄 알아야 한다
변화와 코스를 생각하며
포핸드와 백핸드로 요리할 줄 알아야 한다
공은 나의 허점을 집요하게 공략한다
비틀거리는 순간 금방 알아차린다
항상 중심을 잡고 있어야 한다

승패를 가리는 게임의 세계에서

막판엔 누구나 한방에 주저앉는다
한방에 메달을 거머쥐는 자가 있고
한방에 낙향하는 자가 있다
뼈아픈 실책이 평생을 발목잡기도 한다
공이 날아온다

어떤 공은
너무 난폭하고 절망적이어서
라켓을 삼켜버린다
공은 라켓을 배려하지 않는다

그날 저녁의 문장

광장은 정의를 부르짖지만
그곳의 입간판으로 자처할 수는 없다
저녁이면 광장은 어두워지고 우리는
뒷골목 선술집에라도 가서 하루의 노고를 달래야 한다
내 삶은 윤택하지 못했으므로 고독과 절망의 언어들에 친숙하다
내가 쏟아낸 무수한 편린들 중 한 줄의 문장이 불륜을 증언했다면
나는 이미 부도덕한 사람이다

나는 고관대작이 아니라서 다행이다
그랬다면 그날 저녁의 문장으로 며칠 밤을 전전했을 것이다
한 줄 신문 가십에 나는 또 얼마나 긍긍했겠는가
문명이 쌓아올린 성채는 좀체 무너지지 않는다
우리가 암묵적으로 동의해버린 것들
쉽게 저지르고 잊어버리지만 수시로 뒤통수를 치기도 하는

나의 밀회는 웅크린 채 떨고 있다

나를 재단하는 자는 언제나 그이거나 다수의 그들이다
나는 예외적으로 살고 사람들은 보편적이라서
늘 범죄와 연루되어 있고 논란의 중심에 있다
시간은 유속으로 흘러가고 판결은 가변적이다
나는 도덕과 부도덕을 오가는 혼종이다
고요한 뒷마당에는 비밀 아지트가 자란다

어쩌면 우리는
발각의 위험에도 모험을 감행하고 있는 가장된 문명인들
삶은 늘 아슬아슬하고 불안은 영혼을 잠식한다
텅 빈 새벽을 역주행하는 자동차는
거부할 수 없는 문명에 대한
반역의 퍼포먼스다

확증편향

매스컴이 연일 화두를 던진다
수천 개의 댓글이 난투극을 벌이고 첨예하게 갈라선다
피켓과 함성이 광장을 달군다
탄원서가 수십만의 지지자를 불러모은다
내가 치열할수록

당신은 더 강해지고 분명해진다
우리는 독종이라 수시로 절교하고
필요하면 주먹도 내지른다
애틋한 천륜도 단박에 끊어버린다

피할 수 없는 공존의 세계 속에서
우리가 나눌 수 있는 것은
침묵이거나 잔인한 독설
상대를 공격하는 데 온생을 쏟아붓는다

가장 크고 단단한 목소리로 세상을 주장하며
죽음 앞에서도 자세를 굽히지 않는다
우리는 어느새
알 수 없는 사명감으로 충만한 사람들

쳇바퀴처럼 반복되는 일상은 지탱할 명분이 필요하고
신념이 주입되는 순간 걷잡을 수 없이 타오른다

우리는 증오를 나누어 먹는 사이
서로의 존재를 참을 수 없어하면서
부재의 순간은 더 견디지 못한다

한 가구가 몰락하는 줄도 모르고

험준한 산길을 올라
우리의 사명을 완수해가기 시작했지

쇠붙이의 예리한 날로
그들의 사지를 찢고 바닥에 내동댕이쳤지
거룩한 명분을 위하여

깔끔하게 정리된 묘지에서
숙연한 자세로 경배를 올리고
진지를 점령하듯 승리의 개가를 울리며
힘차게 나아갔지

주검으로 나뒹구는 아수라

분노가 날고
응징이 시작되었지
온몸 짓밟혀 만신창이 되어도
절명된 목숨들 풀숲에 나뒹굴어도
그들의 분노는 가라앉지 않았지

목청을 찢으며 최후의 보루를 사수하려는
목숨 건 날갯짓
맹목적인 불나방처럼
경쾌하게 죽음을 날아다녔지

아무런 대책도 가책도 없이 우리는
문명의 위력을 유감없이 보여줬지

우리의 사명만 완수하면
그걸로 충분했으니까

문

당신이 열고 내가 들어갈 때 문은 완성된다
당신의 벨소리에 내가 응답할 때 문은 문다워진다

빈집의 적막이거나 구부정한 독거의 등 앞에서
문은 할 말을 잃고 우는 소리를 낸다
편안한 아지트거나 어둡고 서늘한 그늘
문은 그 입구이거나 출구다

밖을 닫는 순간 안이 열리고
안을 닫는 순간 밖이 열린다

저쪽과 이쪽의 경계에 서서
당신이 건너가고 건너오는 동안
기다리다 하루가 저문다
당신의 손목을 비트는 저 둥근 손잡이는 그러므로
당신을 시작하고 마감한다

아침의 문은 활짝 열어젖혀야 하고
저녁의 문은 단단히 잠겨 있어야 한다

한번 열고 나간 문이 돌아오지 않거나
한번 닫힌 문이 계속 닫혀 있다면
말 못할 울음이 떠돌고 있다는 증거
발 벗고 문을 찾아나서거나 문을 따고 들어가야 한다
친절한 손잡이가 필요하다

당신이 지금껏 건재하다면
문을 잘 운용한 자
나는 늘 문 안쪽이거나 바깥이다
평생 문만 들락거린다

붉은 사이렌

식욕은 향기로웠고 우리는 취해 있었지
먹고 마시고 춤추고 노래하는 동안
포획과 살육의 검은 손이 든든하게 우리를 받들고 있는 사이

바이러스가 인간세계로 무한여행을 시작하자
사피엔스는 희귀종이 되어갔다

자유를 가두고
허기를 주입해 복종을 강요하고
야성을 주저앉혀 탐욕의 발길로 짓밟았다

가벼운 신호탄이 터지면서
걷잡을 수 없는 속도로

경계와 불신의 마스크 안으로
마주할 수 없는 거리가 숨어들었다

텅 빈 광장과 시장과 거리

당국에서는 외출금지령까지 내려

사랑과 축제
운동과 사교도 금지되었다
함께 외치던 구호와 함성
온기를 내어주던 어깨도 사라졌다

보이지 않는 적은 인간의 무력을 증명했다

어둠을 틈타 밀회를 가진 자들이 무력감을 나눌 때
무거운 형벌과 추방을 주장하는 목소리가 들끓었다

국가도 이념도 가리지 않고
종말을 예고하는 붉은 사이렌이
지구촌을 무섭게 울어대기 시작했다

불법총기류 자진신고기간

총알후불전문업체로부터 메일이 왔다 내가 총기를 소지하고 있다는 걸, 내 재고를 어떻게 미리 알고 소식 전해왔을까

한동안 무기력해지고 의기소침했던 건 소진된 총알 때문, 총알 빵빵하게 장전된 총기 소지자의 눈이 번뜩이는 시간, 어느 빌딩 속으로 뒷골목으로 잠입하여 누구의 뒤통수를 조준할까 외투 깊숙이 숨겨놓은 총기를 툭, 툭 건드리다 발사를 억누를 길 없어 우발적으로 터져버리기도 한다

총기는 야생의 습성이 있어 대문 밖을 늘 어슬렁거린다 끝없이 탈주를 꿈꾸고 영역을 뻗치고 싶다 황야에 울려퍼지던 총성의 기억, 당국에서는 불법총기류 자진신고기간을 두어도 아무도 자진하지 않는다 법망을 피해 수법은 더 교묘해지고 대담해진다 얼마 전 뒷덜미 잡힌 괴력의 총기 소지자들이 잿더미 된 명성을 뒤집어쓰고 있다는 소문

바람이 다시 어둠을 몰고 온다 어둠의 어깨에 총구의 방향을 가늠할 수 없는 총기가 시대의 기표처럼 불안하게 걸려 있다 동시다발로 여기저기서 총성이 터지고 밤의 사타

구니가 홍건히 젖는다 꽃들이 붉은 비명을 쏟아낸다 방전된 총기들이 뿌옇게 난사된 새벽을 뒤집어쓴 채 어슬렁거리며 귀가하고 있다

피의자들

검진센터는 연일 만원이다

무슨 중대한 잘못을 범한 죄인처럼
벽에 기대앉은 초조한 마음들이
선고를 기다린다

어떤 혐의가 있을까

몇몇은 가슴을 쓸어내리고
몇몇 비통한 표정은 억울함을 호소하고

멈출 수 없는 일상의 노동과
생활의 굴레

저마다 깨끗한 이름으로 남기를 바라지만
그런 이름이란 세상에 없다
지상에 발 닿은 시간만큼 죄목은 늘어나고
허둥대다 삶은 끝이 난다
생각하면 헛헛한 일

정직한 노동으로 밥벌이를 하고
어린 자식들 다독여 글을 깨치게 하고
욱하는 성미를 달래 한 가정을 건사해왔는데
어찌하여 우리는

법정에서 판결을 기다리는 초조한 사람의 자세가 되어 있나
신의 심판대에 선 사람처럼
집행을 면하기 위해 안타깝게 목숨을 구걸하고 있나

얼마나 심각한 탈선을 했는지 죄목이나 알고 가자고
한해의 막바지 12월
마감 임박한 시간에 부랴부랴 쫓겨온
난감한 피의자들

택시 사랑법

누구라도 깍듯하게
우리는 잠시 서로에게 머물다간다
미련 없이 떠나기 위해 뿌리내리지 않는다
신속한 결별을 선언하도록
때론 신호를 무시하며 과속을 한다

대가를 지불하고 순순히 멀어지기
불필요한 논쟁 속에 휘말리지 말기
장황한 스토리로 감당할 수 없는 슬픔을 횡설수설하지 말기
너무 가까이 서로를 들여다보지 말기
막힌 길을 브레이크에 밟아놓고

헤픈 웃음으로 마음 얻으려 하지 말기
거친 말로 위협하거나 현란한 수사로 설득하지 말기
최대한 공손하게 서로의 시선을 외면하기
우리는 각자의 세계에서 한없이 고독해지기

당신이 호명한 지명까지가 우리의 관계
아무 일도 탈도 없이 우리는 담담하게 헤어진다
다급한 순간이 언젠가 다시 나를 부를 때

우리는 변함없이

간단한 목례와 짧은 인사
그리고

긴

침묵

나는 접속한다 고로

지하철은 사람들로 빼곡한데
아무 소리도 들리지 않는다
누구도 예외 없다
탑승하는 순간

이곳의 필수 아이템인지
얼른 가방 속을 뒤져 저만의 아지트로 들어간다
지금은 부재중, 팻말 하나씩 내건다

사람들은 어디든 모여 있는데
공유하는 장소일 뿐
허기진 욕망 채우고 나면 시간은 금세 무료해진다

당신이 보여줄 수 있는 세계는 얼마만큼인가
매번 나를 즐겁게 할 수도
긴장과 서스펜스를 연기할 수도 없다

우리는 금방 막막해지는 타인이라서
가벼울수록 편리하다
자주 어울리지만 따로 논다

그러므로

당신은 없는 사람
잠깐이면 당신은 끝나고
우리는 서로에게 가끔씩 존재한다

당신은 유한하고 접속할 대상은 무한하다

손끝의 마법으로 주문을 걸면
접촉을 기다리는 동그랗게 눈뜬 숫자들
수많은 당신들

복면의 자세

한동안 우리
표정을 지우고 살아갈까
이해와 감동도 오해를 낳기만 하는 날들
얼굴에 주렁주렁 매달고 다니던 감정들을 듬성듬성 잘라 버릴까

서로를 공격하느라 버려지는 시간을 아껴
좀 더 알뜰한 삶을 계획해볼까
묵언의 방식으로
서로에게 생각하는 거리를 만들어줄까
차라리

오래 잠복해버릴까
외딴 섬이나 설산에 갇혀 살다
문득 반가운 벗이나 난데없는 객으로 나타날까

서로의 부재가 공허해지는
추억이 차올라 먹먹해지는 순간을
기다려볼까

그리운 마음은
저절로 건너가고 건너오는 법이니까

이제 우리
알맹이만 남기고
껍데기는 버리기로 할까

희망을 아니
절망을 주입해볼까

더 간절하거나
더 치명적인

사랑을 재건축해볼까

터를 잡는다는 것

사거리 가게에 임대가 나붙었다
동네에서 제일 목 좋은 곳에 올해만 벌써 네 번째
할머니들께 공짜 햇살만 임대해주고 있다
빛바랜 간판이 아이스크림 가게였음을 짐작할 뿐
통유리 속 훤히 드러낸 채 몇 달째
지나가는 행인만 구매하고 있다

지금 저곳을 다스리는 것은 싸늘한 냉기
패잔의 목격자가 된 사람들은 쉽게 저 문을 열지 못할 것이다
붉게 낙인 찍힌 가게는 무력하다
터를 잡는다는 것은

낯선 발걸음 상대하며 빈손의 허무를 오래 들여다보는 일이라서
내키지 않아도 웃음은 날렵하게 문턱을 넘나들어야 하고
팍팍한 소리도 달래가며 함께 이웃 되는 일일 텐데

높은 아파트에 보금자릴 만들고 가정을 이루는 것도
내 몸을 빌려 생활의 궁핍을 달래는 사명에 대해서도

품 안으로 주변을 끌어들이고 사람과 사물의 허락을 구하는 일
자주 울고 싶은 아침과 안도하는 저녁을 데리고
흔들리지 않는 뚝심을 짓는 일일 텐데

하루에도 수십 번씩 나를 받아주고
내가 머물다가는 타인의 형식들

승자의 윤리

가끔 전투적이 되고 싶은 그런 날엔
글러브를 쥐고 만만한 샌드백이라도 패줘야 한다
정해진 배역을 벗고 하루를 혹사시키면서라도
몸의 소리에 응답해야 한다

핑퐁게임을 한다
작고 하얀 공 하나를 볼모로 잡고
후려치고 찔러치고 뱅글뱅글 돌리면서

맞상대일수록 우리의 놀이는 치열해진다
막판에 전세가 뒤집히기라도 하면
그날 밤은 끙끙 앓는다
그러므로

엉거주춤 서 있는 망연자실 앞에서
환호성을 지르는 것은 승자의 예의가 아니다
터져나오는 탄성을 잠시 유예시키고
객쩍은 미소를 건넨 그는
패자의 슬픔을 아는 사람

우리는 온몸 흠씬 젖도록 격렬했던 사이라서
한방의 승패로 달라진 기분을 보여줄 수 없다
등을 돌리고 각자의 길로 멀어지는

그때서야
접어둔 감정을
가까스로 펼칠 수 있는 것이다

열망의 이름들이 뒹굴고 흩어지며

신나게 꿈을 달리던 미끄럼틀이 배를 뒤집고 쓰러진 후
놀이터는 버림받은 것들의 휴식처가 되어갔다

버려진 것들은 제 이름부터 내던진다
강요당한 가치를
막연한 기대와 조바심을

사물의 세계란
이름이 불리는 순간 제 몫의 크기로 몸이 굳는다
비로소 하나의 온전한 대상이 된다
이름은 관습이다

관습이란
얼마나 견고한 묵인인가
입을 막고 발을 묶어버린다

내가 당신을 부르는 순간
나는 당신을 규정한다
당신은 내 욕망의 이름으로 존재한다

우리는 계속해서 서로를 호명하며 욕망을 확장해나간다

관계는 깊어지고
진정한 이름은 그때 탄생한다

다양한 자세와 표정을 연출하며 우리는 간신히 살아 있고
익명의 순간을 견디지 못한다

놀이터엔 악착같이 붙들고 있던 열망의 이름들이
널브러져 뒹굴고 흩어지며 빗물에 씻겨간다

사내들

올겨울 파타야 골프여행이 환상이라던데
한 달에 오백 정도는 깨진 바가지처럼 술술 빠져나가
마누라가 자꾸 졸라서 말이야
한 육십 평 정도는 돼야지 숨통이 트인다나

우리는 갓 마흔을 지나고 있었다

세상은 붉은 열매가 주렁주렁 매달린 오르고 싶은 나무, 뒤꿈치를 자꾸 밀어올렸다 몸은 중심을 잃어갔지만 누가 더 오래 견디나 내기라도 하는 듯 아슬아슬한 곡예를 즐겼다 술잔이 거듭될수록 눈앞에 보이는 붉은 유혹에 우리는 계속 도취되어 갔다

마흔이라는 이름은 멈출 수 없는 객기 같아서

아내와 아이들에게
아무도 모르는 우리끼리
우뚝한 한 사내이고 싶었다

넓어지는 이마와 조금씩 나오기 시작한 배

우쭐거리며 외로 꼬고 앉은 다리와 거만한 어깨

넘치는 자부심과 서로에 대한 의구심으로
대화는 가끔 혼선이 빚어지기도 했다

날이 밝아오고 있었고
꺾여진 객기들이 하나둘 비실비실 흘러나오다 이내 잠잠해졌다
누가 먼저랄 것 없이

자리 털고 일어나 묵묵히 악수를 나누고
비틀거리는 희뿌연 새벽길, 각자의 행로를 찾아갔다

2부

성여*

1

세상의 정의를 위해서
라고 판사님은 말씀하지만
그 정의가 무엇인가요

20년간 억울한 옥살이를 했습니다
사랑도 직업도
맑은 햇살 한 줌도 맘대로 가질 수 없는
청춘의 날들을 절망했습니다

변변한 증인 하나 없었고
시원한 변론 한 줄 듣지 못했습니다

세상의 참혹 속에 던져지면
삶의 이유가 자명해진다고 했던가요

나는 나를 수십 번 죽이고 태어났습니다
한번 죽일 때마다 절망은 깊어졌지만
그럴수록 삶은 더 간절해졌습니다
이제 두렵지 않습니다

내 생은 얼마 남지 않았습니다
마지막으로 판사님께 호소합니다
정의는 누구의 편입니까

아니, 누구의 편이어서는 안됩니다
정의는 오로지 정의의 편입니다

사건을 위한 변론이 아닌
내 삶을 위로하고 싶습니다

2
무죄라는 말을 입에 달고 살았으므로
감방의 수인들은 그를 '무죄'라고 불렀다
긴 수형 기간 무죄는 변함없는 그의 명패였다
떳떳한 양심이 무기였으므로

쇠창살을 함부로 부수거나 제 몸 학대하지 않았고
정해진 세 끼 식사와 운동
할당된 작업량을 한번도 거르지 않았다

출소 후, 죄인의 낙인이 10년 더 그를 미행했지만
무혐의 처분,
고문후유증도 그를 꺾지 못했다

쉰 훌쩍 넘긴 미혼의 독거였지만
자신의 일터를 무단이탈한 적 없었다
혼자인 휴일엔 성호를 그으며 경건한 식사를 하고
진심 알아주는 두어 명의 지인들과 교류했다

재심 청구 소송이 무죄를 확정지었을 때
그는 덤덤했다 다만,
오랜 숙제를 끝낸 홀가분한 마음과
천국에 계신 어머니와 떳떳한 아들로 만날 수 있게 되었다고

엷게 웃었다

* 화성 8차 사건의 살인자 누명을 쓴 윤성여의 삶을 다룬 KBS 다큐 프로그램.

레이디보이

어느 순간
이방인으로 살고 있었어요
자랑은 부끄러움의 다른 이름,
나를 은폐하기 시작했죠
관계는 유지해야 하고 나는 소중하니까요

혀를 잘랐어요
역류하는 감정들을 꾸역꾸역 삼켰어요
싸늘한 웃음이 자라나기 시작했죠
삶이 형벌이 되어버린 운명
밤을 기다렸어요

어둠이 담을 허물고 집을 나갔어요
아버지의 성난 눈빛이 무서웠거든요
익숙한 것들과 결별을 선언했죠
그때부터였어요

질문은 무의미했고
물러설 곳이 없었어요
낄낄거리는 불빛과 바람의 독설로

여기까지 흘러왔어요

혼자가 되는 순간 세상은 용감해지죠
마음껏 울 수 있어서 좋아요 이곳은

슬픔이 차오르면 노래를 부르고 춤을 춰요
화려한 조명은 한 꺼풀씩 나를 벗겨내죠
사람들의 웃음과 박수를 받아먹으며 나는
원숭이처럼 즐거워요

환한 아침은 여전히 두렵고
밝은 세상 속에 내가 머무를 곳은 없어요
나는 제3의 인간
아직 출현이 보류 중인
돌연변이거든요

북소리

깜깜한 방에 나를 가뒀어요
벽에 던지고 바닥에 내동댕이쳤어요
장난감이었죠

네 살 된 그들이 낳은 그들의 아이가 갖고 놀,
장난감이 밥 달라고 징징대니 참을 수 없었겠죠
화가 나서 두들겨팼던 거죠

장난감이 우는 소리는 장난감의 소리일 뿐
장난감이 사람처럼 우는 소리를 낸다면
얼마나 신기했을까요

울어봐 더 울어봐
나는 북이 되어갔어요
북은 어떻게 소리를 내는지

짧게 그리고 길게
높게 또는 낮게 강하게 아니면 약하게
소리가 어떻게 한숨이 되고 절망이 되는지

북이 둥둥 울릴 때마다
북의 비명을 가락으로 들으며

신나게
더 신명나게
북채를 휘둘렀던 거죠

북이 멍들고 북이 북북 찢어지고 북이 부러지고
북이 고꾸라져 더 이상 북소리가 들리지 않고

북이 고요히 잠들어
소리가 멎고

블랙아웃

내가 범인이 아니라는 것을 나는 증명할 수 없습니다
내가 범인이라는 것도 물론 자백할 수 없습니다

나는 나를 재생할 수 없고
CCTV도 목격자도 없으니

함께 술을 마시고 춤추고 노래하고
깨어 있는 모든 시간 우리는 함께했습니다
원한 관계도
다툼도 없었습니다

그런 끔찍한 짓을 내가 했다는 겁니까

마음이 무장해제된 상태에서
낯선 이의 영혼을 입고
칼춤 추는 사람을 본 적은 있습니다만

증명해봐 증명해보라구
끊임없이 질문을 들이대지만
나는 대답할 입이 없습니다

내가 방심한 틈을 타서
누가 나를 다녀간 걸까요

기억을 잠재워놓고
누군가의 목숨을 앗아갔을지도 모르는
어떤 검은 손이
내 멱살을 쥐고 흔듭니다

명예살인

누군가는 난간에 매달려 있고
누군가는 난간을 부수고 있다
난간을 부수는 자들이 하나둘 늘어나고
매달린 자가 추락해도 아무도 그를 동정하지 않는다

성적 취향이 다르다는 이유로 한 남자가
친척에 의해 살해당했다

한 생각이 다른 생각을 만나
관습과 종교라는 미명으로 탐닉하는 자들이 생겨나고
사회를 지배하는 맹목이 될 때
개인은 초라해진다

행위이거나
존재 자체가 오점으로 여겨질 때
당신은 이미 처분대상이다
살아 있는 당신보다 죽어 있는 당신이
가문의 명예를 더 높여준다는 것
그러므로

취향을 주장하는 순간 당신은
목숨을 내놓을 준비가 되어 있어야 한다

은밀한 당신의 사생활은
꽃이 피고 열매를 맺는 우주 만물의 섭리에 역행하며
당신 이전의 모든 당신의 아버지의 아버지의 이름을 욕되게 하는 일
뿌리를 기망하는 일, 하여

당신은 용서받지 못할 자

거룩한 신의 이름으로
위대한 국가의 이름으로

푸른 가운의 그녀는 어느덧 당신을 방문하고

붉은 비상벨은 그녀를 부르는 신호 혹은
몸의 위임 각서
그녀가 온다

마스크를 착용한 그녀는 말이 없고
두 팔의 근육만 보여준다
두려움에 떨며 당신은 묵묵히 순종한다
한때는

생산에 몰두했고 쾌락을 선물했던
당신의 남성은 부끄러움을 버리고 처음으로 돌아간다
먹고 마시고 울고 웃는다
지리고 싸고 온갖 냄새를 풍긴다
육체는 잔인한 감옥

당신은 수인처럼 갇혀 있다
브라운관의 달콤한 유혹도 구원의 손길도 이젠 소용없다
세월의 창살은 더 견고해진다

의식의 지층이 무너지고 컹컹 짖거나 옹알거린다

원초적 세상이 당신을 지배하기 시작한다
당신이 이룩한 성은 오래 전 허물어졌다

말은 낯선 세계의 암호 같고
생각은 쓰일 데가 없어 거추장스럽다
흐린 눈이 당신을 내려놓는다

푸른 가운의 그녀가 당신을 독점한다
그녀의 불가항력에 가만히 눈 감을 뿐
이 굴욕을

마침내 받아들이기로 한다

오래된 유산

어둠이 내리면 그녀는 자주 비밀의 방에 초대되었고
자신을 능멸하는 모욕의 순간이 이어지자
그의 슬픈 저격수가 되었다

은밀한 그날 밤의 기록이
그를 추앙하던 지지자들 앞에 낱낱이 드러난 순간

검은 모자와 검은 잠바로 상복을 차려입고 그는
극단의 선택으로 도주해버렸다

페미니스트와 약자와 인권
그를 대변하던 낱말들이 난데없이
봉변을 당하거나 조롱거리가 되기도 했다

치욕으로 막을 내린 이름 앞에 덧붙일 명분이란 없었다

그가 남긴 몇 줄의 유서에는
죽음과 연루된 어떤 단서도 없었다

무성한 비난과 흉흉한 소문들에 함구한 채 그는
용서할 수 없는 자신에 대해 비장한 양심선언을 했던 것인데

그녀가 자신의 슬픔을 그를 향해 저격했을 때
어둠이 뿌리를 키운 욕망이란 이름의 오래된 유산을
인간의 타나토스를 그는 비로소
마무리지었다

그의 허상을 붙들고 세상은 잠시 소란스러웠지만
소리는 그에게 닿지 않았다

낙인

비밀을 공유하는 순간 우리는
뜨거워지고 끈끈해진다

엄마에게는 비밀로 하자고
손가락 걸고 PC방 함께 다녀온 천진난만한 아이와 아버지처럼
청춘의 한때끼리 방황했던 과거의 행적처럼

혼자 품으면 안절부절못하는 슬픈 모노드라마가 되지만
둘이 결탁하는 순간 관계는 견고해지고
천군만마 얻은 뿌듯함이 어깨 추켜세운다

깡패들의 의리가 무서운 건
밝혀져서는 안 될 과거를 함께 걸었다는 것
피의 음모를 함께 도모했다는 것

남모르는 눈물로 절망하는 날에
내밀어준 어깨가 있다는 건
비밀을 함께해도 좋을 눈빛을 만난다는 건
생을 지탱할 좋은 명분

관 속까지 가져가라는 치명적인 낙인도
잡아줄 어떤 손은 기다리고 있다

표적

은밀한 것은 표적이 된다
당신의 사생활이 주소록과 함께 해킹당했다

당신을 유포하겠다는
사회에서 매장시켜버리겠다는
협박이 날아온다

숨기고 싶은 비밀이 당신도 모르게 흘러다닌다
덫에 걸린 당신

수치심을 자극해 한몫 챙기려는
음흉한 계략이 당신을 기웃거리고 있다

발가벗겨진 욕망이 햇빛에 드러나는 치욕을
견딜 수 있겠는가
묻는다

극도의 긴장과 공포 속에서 당신은
중심을 잃고 비틀거린다

뻐아픈 이별과 사직과
최후의 선택까지 저울질하는

당신의 무력에 절망할 즈음

도발적인 문자가 또 한번 당신의 명치를 가격한다
1시간 내로 입금하지 않으면…

목을 조여오는 공포 속에서
자본은 더 뻔뻔해진다

공개할 수 없는 그녀의 메모

그 유명 희극인이
극단적인 선택을 했다는 소식을 풍문으로 들었을 때
이건 난센스야,
라는 말이 불쑥 튀어나왔다

브라운관을 활보하며
만인의 엔도르핀이었던 유쾌한 그녀가
누적된 슬픔의 마침표를 찍어버린 것인데

경찰 조사에서 발견된 메모는 공개할 수 없다고 했다

생전에 발설할 수 없었던 그녀의
영혼을 파괴시키며 불면의 심장을 떨게 했던

터지는 객석의 웃음도 잠시 지연된 고통이었을 뿐

찬란한 이력도
그 무엇도

십자가의 형벌 함께 지고간 어머니도

종국의 그녀를 막을 수 없었던

마흔도 안 된 그녀의
공개할 수 없었던 메모

홀로 남은 아버지가 비밀로 묻어 그녀의 마지막을 감싸 주고 싶었던
걷잡을 수 없었던 적막과 허무는

끝까지 그녀를 누설하지 않았다

예술이란 이름으로

저쪽 복도 끝에서 다가오는 어둠의 발소리가 아직도 들려요 손잡이를 비틀며 성급한 주먹이 방문을 쾅쾅 치는 소리, 능글거리는 웃음과 거친 손아귀, 함부로 쏟아지는 욕설들

일이 끝나기를 기다렸죠 치욕이 지나가는 시간을

그날 이후 내 삶은 멈춰 있어요

두려움에 떨던 그날의 악몽이 그녀를 기억해냈다 변조된 목소리는 아직도 떨고 있었다 하이에나의 사나운 이빨이 그녀를 덮치기라도 하는 것처럼

예술이란 탈을 쓰고 있었어요

세계적 명성을 자부하는 거장이었으니까요 그는, 발설하는 순간 음모의 올가미를 씌우고 한생을 끝장내버리는 거죠

눈을 감을수록 더 생생해지는
뼛속까지 각인된 얼굴이 눈부신 조명을 받으며 관객들을 조롱하고 있는 장면을 목격했어요

뻔뻔함이 예술에 기대어 꽃으로 피어난 걸까요

예술이 그에게 농락당한 걸까요

누군가 당신의 밤을 호출한다면

마지막 선언을 듣고도 그는 멈추지 않았다
결국 그렇게 갔다

세상을 향해 문을 걸어잠그는 것은
할 말이 많기 때문

한 잔 들이켜는 순간
묵은 체증들을 여과 없이 쏟아낸다

대상도 알 수 없는 고함과 삿대질과 욕설들,

말은 이미 세상 것이 아니고 그는
세상의 서가에서 오래 전 배제된 목록이라서,

아무나 휘갈긴 낙서 따위 받아주는 눈먼 벽이나 거리의 전봇대, 가로수
길바닥에 뒹구는 잡동사니들만
그와 교감한다

지독한 권태와 허무의 시간,

언어는 더 격렬해지고 난해해진다
이 난국을 벗어나기 위해

장소를 불문하고 주문을 왼다
표정은 일그러지고 온몸은 비틀거린다
그는 도무지 해독되지 않는다

어느 날 문득
당신의 밤을 호출해서
외계의 언어를 수신하는 날이 온다면

그가 다녀간 것이다

참을 수 없는 존재의 비극에 대하여

그는 한 편의 드라마를 쓰기로 했다
포화된 슬픔을 털어버리기로 했다
세상을 발칵 뒤집어놓을 획기적인,
소재는 차곡차곡 준비되고 있었다

마흔 되었으나 배우자도 아이도 없었다
고양이도 강아지도 믿을 수 없었으므로
원망을 키우기로 했다

오랫동안 양육한 적개심으로 주먹을 날려대자
몇 년의 세월이 감금되었고
세상에 대한 증오가 쑥쑥 자라났다

주제는 일관된 복수,
스토리는 흥미롭게 전개되고 있었으나
극적인 마무리, 파격적인 결말이 아쉬웠으므로
타오르는 불꽃에 묵은 체증을 활활 태워버리기로 했다

한번도 제 편인 적 없었던 세상에 대해
무력하게 끌려다니기만 했던 노예의 시간에 대해

맘껏 조롱하고 싶었다

화염을 피해 뛰쳐나오는 다급함 쪽으로 그가 목숨을 그어댈 때
세상은 불행의 도가니 속에서 아우성쳤다

오랜 숙원을 완수한 듯 회심의 미소를 띠며
마침내 그가 대본을 덮었다

경찰 조사에서 순순히 자백했고 아무도 그를 동정하지 않았지만
억울한 피해자라는 확고한 신념은
그를 놓아주지 않았다

과민한 사람

세상은 먼지였고 그 자신조차 먼지였지만
먼지를 참을 수 없었다
바이러스 감염에 대한 두려움도 기침을 유발하는 것도 아니었다
그의 호흡기관은 누구보다 튼튼했다

미세한 입자가 피부나 옷에 닿는 걸 견딜 수 없었다
털고 또 털었다 아무리 털어도 먼지는
제 소명을 물러서지 않았다

맑은 햇살에 둥둥 떠 있는 먼지를 보면
기겁을 하며 손으로 휘젓거나
깊은 그늘이나 잠 속으로
알코올의 취기 속으로
달아나곤 했다

불면과 소화불량의 날들이 이어졌다
약은 임시 처방일 뿐
먼지의 척결 없이는 치유될 수 없는 병이었다

사람을 만나는 것도 두려웠으므로 직장도 그만두었다
몸은 허약해져갔고 먼지와의 전쟁은 더 격렬해졌다
사람들은 어떻게 저토록 태연할 수 있을까,
먼지가 수시로 공격해오는데

어느 날 그가 쓰러졌을 때
먼지의 공격 때문이라고 그는 주장했지만
모두 정신나간 사람의 헛소리라고 비웃었다

병명은 심근경색으로 판명났다
알코올과 운동 부족과 콜레스테롤이 근본 문제라고 했다

아무도 잘 보이지도 않는 먼지 따위가
병의 진짜 원인이라는 걸 믿지 않았다

죽음이 담긴 박스

박스의 시대가 도래했다
눈만 뜨면 새로운 박스들이 산더미처럼 태어난다
저마다 이름표를 달고 자신을 주장하는
박스는 도달해야 할 목표가 있고 사명이 있고

불안한 시대의 주역처럼
하루치 수백 개의 박스가 전국 방방곡곡을 달려간다 한 사람을 볼모로 잡고,
고분고분하지 않으면 가계를 몰락시키겠다고
으름장 놓는다

엘리베이터도 없이 가파른 언덕이나 계단도 단숨에
휘청거리는 어깨와 등짝에 올라타고
끙끙대는 소리를 콧노래로 들으면서
지치지도 잠들지도 않고

자정을 지나 새벽까지 달린다
멈추지 않는 폐활량을 자랑하면서
마침내 박스에서

죽음 하나가 툭, 떨어진다
시퍼렇게 눈 뜬 죽음 하나가 박스더미 위로
박스를 뭉개고 쓰러진다

열 개의, 백 개의 죽음들이
잠을 저당잡힌 녹초가 된 죽음들이 여기저기서
무더기로 쏟아진다

그래도 박스는 아랑곳없이 달려가고

아침에 눈을 뜬 사람들이 영문도 모른 채
반갑게 죽음이 담긴 박스를 연다

어느 가족*

영화는 이렇게 시작되지

버림받은 자들이 한곳으로 모여들어
할머니가 되고 어머니와 아버지가 되고 오빠와 동생이 되고

도둑질과 사기와 매춘과 불행한 과거를 가진 자들이
거리를 떠돌던 서로의 외로운 눈빛을 알아보고
둥지를 만들지

아무도 살지 않는 음습하고 후미진 그곳에
사랑이 깃들어 이야기와 웃음이 살고
저녁을 기다리는 집이 되고
길이 되고 노래가 되고

그들이 갈구했던 것은 사람의 품
마음이 오래 머물고 싶은,

행복은 어디서나 잠시
불행은 주변을 기웃거리다 강도처럼 들이닥치지

함께한 바닷가 추억을 떠올리며 할머니는 눈을 감고
소년을 유괴한 죄로 여자는 감방으로 가고

도둑질만 가르치던 추레한 남자에게
소년이 간신히 아빠라고 부르기 시작할 무렵
한때의 가족들이 뿔뿔이 흩어질 때

마지막 하룻밤을 함께 뒤척이며 남자가 아이에게
이제 우리, 아빠에서 아저씨로 돌아갈까,
라는 뼈아픈 말

소년은 떠나가고
버스를 쫓아 남자는 달려가고

* 일본 영화 제목.

그는 지도에 적을 두지 않는다

넓은 그의 이마에선 바람 냄새가 났다
사흘이 멀다 하고 서울로 대구로 광주로
유목민의 후예처럼 거처를 옮겨다녔다

깊이 팬 몇 개의 주름과 흉터는 오랜 삶의 이력
파란만장했던 세월이 부리부리한 두 눈을 통해
금방이라도 쏟아질 것 같았다

술잔은 자부심으로 출렁거렸고 목소리를 자꾸 키워갔다
빈 술병이 늘어갈수록 그는 더욱 빛나보였다

경주 컨트리 골프클럽에서 일전에 도지사를 만났는데 말이야,
김모 국회의원은 내 고등학교 동창이지
이런 류의 흰소리를 자랑삼아 즐겼다

불황의 세계에서 미다스의 손을 가진 그는
몇 마디 말로 수십 층 건물을 쭉쭉 뽑아올리고
하룻저녁 기백만 원짜리 식사도 심심한 가십거리
한 잔 술값에 연연하는 나와 달리 그는 통큰 대장부여서

세상의 멱살쯤 쉽게 쥐고 흔들 수 있을 것 같았다
BMW로 폼나게 오늘을 달리는 그에게 결혼은
몸에 걸치기 불편한 이웃 나라 풍습 같은 것
머무르는 곳이 어디든 그의 집이었다

자정 무렵
현란한 네온사인 불빛을 헤치며 사라질 때
그의 생은 또 한 차례 활활 타오를 참이었다

오늘은 내일을 모르고

오늘은 언제쯤 내일을 잊을 수 있을까요
오늘이 오늘에 걸려 자꾸 넘어집니다
위태로운 내일들

지뢰처럼 잠복해 있는 생활의 도화선들

언제쯤 당신의 이마에서 구름의 산책을 노래할 수 있을까요
고층 빌딩들은 목을 꺾으며 스스로를 반성할까요
삶은 즐거운 놀이터가 될까요

망각의 처방전을 든 사람들이 거리로 쏟아집니다
허기진 불빛들이 모르핀의 늪 속에서 휘청댑니다
잊기 위해 무엇이든 합니다

노래방은 목이 터지고
술집은 오줌을 질질 흘립니다

고성과 신음이 비틀거리고
내일을 벗어버린 사람들이 거리에 무성합니다

각자의 방식으로 우리는 치열합니다
한없이 빠져들고 한없이 추락합니다

나는 자꾸 유배되는 기분입니다
나는 매일 폐기되는 사람입니다

3부

귀를 자른 고흐처럼

자, 이제 어떡할래

눈에 불꽃 심지를 켜고

오뚝한 코를 더 치켜세우고

입술은 언어를 버려도 좋다

단단한 고집을 턱 끝에 몰아붙이고

넓은 이마에 세상을 담을래

자, 말해봐

귀를 자른 고흐처럼

갱 속에 들어가 광부의 심장을 살래

버림받은 임신한 창녀를 맞을래

권총을 들고 밀밭에 뛰어들래

저녁의 허기

긴 하루 일 끝내고 돌아와
허겁지겁 다 채워도 남아 있는
공복은 어디서 오는 것인가

아침이나 점심의 지나가는 허기쯤이야
간단한 한 끼 처방으로 끝나지만
어둠이 자리 펴는 이 저물녘 허기는
수습이 되지 않는다

하릴없이 자릴 뭉개고 앉아 있거나
잔을 들어 취기를 짚어보기도 하고
애써 격렬한 운동을 하기도 하는데

끝내 달래지지 않는 망연함을 붙잡고
소리높여 울다 문득 신의 부름에 귀의하기도 하고
밤새 사라지는 자들도 있다는데

저녁의 허기엔
쉽게 대적할 수 없는 슬픔이 있어

이제는 들을 수 없는 아련한 당신의 목소리나
메아리 먹먹한 고향 뒷산의 뻐꾸기 울음소리가 들어 있는 것 같기도 해서
도무지 정체를 알 수 없는 이 허기는

지금의 공복은 아니고
다른 먼 세계에서 나를 부르는 소리인 것 같아서
귀를 가만히 모아보는 것이다

사막이 되어가는 나날 속에서

풍경이 사라졌다
어린 소녀와 할머니,
발랄한 웃음과 거침없는 대화가 보도를 들썩이던

이들의 즐거운 외출을 나는 흥미롭게 엿보고 있었던 것인데
며칠째 그 소란이 보이지 않는다
안부가 궁금하여

우리가 서로 역방향으로 지나다니던 기나긴 길이 끝나는 곳까지
그들을 놓아주지 못한다

말 한번 건넨 적도 없는데

잠깐 시야를 스치고 간 사소한 풍경의 부재가
문득, 어리둥절하다
그러니까

무거운 아침의 어깨를

누군가의 일상이 가볍게 덜어주고 있었던 것인데

몇 세대의 간극을 훌쩍 뛰어넘는
둘만의 지극한 놀이와 맑은 언어의 빛과 결
그들이 서로에게 바치는 살가운 헌신과 연민이
고마운 것이다

사막이 되어가는 나날 속에서

미소의 배후

경주에 가면
얼굴 한쪽이 달아난 신라 천 년의 미소가 방문객들을 반긴다

유구한 미소의 화신이다 그는
함께 있으면 덩달아 나도 미소가 된다
어떤 상황도 유쾌하게 만드는 특별한 재주가 있는 그는
미소 천사

얼마만큼이 진짜 미소인지
미소에게도 분노와 원망과 한숨이 있는지
미소의 뒤통수를 때리면 미소는 폭발할까
미소의 엉덩이를 꼬챙이로 쿡쿡 찔러대면 고통스런 비명을 지를까
그대로 미소만 지을까

미소의 영혼 속에는 미소를 끌어올리는 펌프가
연중무휴로 작동하고 있을 것 같다
아무리 벗겨내도 한없는 음악이 흘러나올 것 같은 미소는
어떤 배후를 가진 게 분명하다

그렇다면

미소는 얼마나 슬픈 노역인가
거부하는 마음을 달래 아무도 미워할 수 없는 얼굴을 짓고
저항할 수 없는 자세가 된다는 것은

시간이 완성한 고요한 미소는
천 년이 가도 변하지 않는다

직립의 연대

월요일 아침이 사거리에서 발 동동 구르고 있다

낡은 수레 한 대 널브러져 있고
사방으로 흩어진 납작한 박스들
노인은 허둥지둥,

긴 머리 하이힐이 빨간 티볼리 승용차에서 걸어나오고
퀵서비스를 달리던 오토바이도 속도를 내려놓고
수신호로 도로의 흐름 열어주던 호각도 한몫,

어느 쪽으로도 차선은 흐르지 못한다

지금 교통통제권을 쥐고 있는 것은
낡은 수레

쓰러진 사령탑 앞에 선
월요일의 바퀴들,

기로에 선 당신을 소환한다
하루도 손놓을 수 없는 우리의 노동과

수백만 년 이어온 직립의 연대가 끈끈해진다

빼곡히 늘어선 출근길 조바심들이 아무도 경적 울리지 않고 소리치지 않고
눈앞의 사태에 깜빡,

생각에 잠겨버렸다

숲과 하늘과 바람의 날들

햄스터 두 마리 난투극을 벌이다
한 마리가 처참한 몰골로 죽었다

그들의 카니발리즘을 몰랐던 건
우리 가족의 치명적인 실수

저 작은 케이지는
그가 뛰어다닐 수 있는 최대의 세계
누구에게든 한 뼘도 양보할 수 없다
극에 달한 마음이면 동족의 죽음 앞에서도 춤출 수 있다

발랄한 광기는 슬픔의 춤사위
보드랍고 탐스러운 털 속에 야수가 산다

누구였을까
처음 이곳에 야성을 강제로 이주시킨 이는
날뛰는 울음을 제 눈 속에 가두어버린 이는

그가 자신의 상처를 위로받는 동안
빛이 없는 나날 속에서 잔인과 포악이

저 연약한 생명을 길들여왔을 것이다

숲과 하늘과 바람의 날들

몸이 환하게 열려 있던 야생의 습성을
햄스터는 제 몸속에 꼭꼭 숨겨두고 있었던 것일까

불시에 휘두를 수 있는 단단한 무기 하나를

칼의 고집

칼집에 들어가는 순간 칼은 본분을 잃고
예리한 정신은 무뎌진다

처음 현해탄 건너올 때 가문의 내력과 전통들로 탄탄한 성의 골조를 다졌을 것이다 오사카*의 바람과 비릿한 바다 냄새 갈매기 해변의 모래와 등대 다정한 벗들의 웃음과 굳은 악수 콧날 시큰해지는 언약들로 한 뼘 한 뼘 성벽을 쌓았을 것이다

언어의 장벽 뛰어넘기 위해 이 악물고
와타시와 니혼진데스만 되뇌었을 것이다
삭발 대신 긴 머리로 굳은 결심 묶었을 것이다
접대는 아내에게 맡기고 오사카다운 오사카 건설하는 데만 몰두했을 것이다
카츠동 오코마니야키 소바 라멘 아사히를 잠꼬대로 읊았을 것이다

불안한 경제와 험난한 외교 속에서도
자신만의 오사카 위해 묵묵히 사시미를 뜨고
초밥 완성하는 데만 두 손 바쳤을 것이다

이곳 터 잡은 지 삼십여 년
이젠 여유로 제 삶 달랠 법도 한데
주방의 그는 완고하다

좀처럼 칼을 놓지 않는다

* 부산에 있는 일식집 이름.

텀블러

아무에게도 해독되지 않는 문장이고 싶다
한번의 만남으로 전부를 이해했다고 판단하는 건 오산

언제든 돌변할 수 있다
스타일과 내용을 바꿀 수 있다

한 발 다가가면 한 발 멀어지고
멀어지는 순간 가까워진다
상상은 자유

나는 당신의 오독이 즐겁다
그것은 나의 전략

눈빛이 달려오는 달콤한 긴장,
일은 그때부터 시작되지만
입술이 닿는 순간 틀렸음을 직감한다

끊임없이 생각을 바꾸고 다른 세계를 담는다
나의 묘약은 구름과 달빛으로 조제해서
당신을 녹여내는 것

당신은 자꾸 빗나간다

터져버린 후 검은 물이 줄줄 쏟아져나올 때
당신은 나의 본색을 알아차린다

나는 뚜껑이 열리지 않는 불량 텀블러다

모호한 슬픔

참을 수 없이 험난한 것이 지금 내 앞에 있다

저 지네
토막난 털실처럼 끝이 둥글게 꼬부라진 수많은 발을 가진 저것이
아무런 목적도 생각도 없이
죽은 듯 가만히
있다

우리는 거래가 불가능한 관계
너를 제거하거나 내가 떠나거나

부재가 더 고마울 때가 있다
오래 보지 않을수록 그러다 잊혀질수록

불시에 나타나 발목을 붙잡는 것들
아무리 죽여도 악몽처럼 끝없이 부활하는
바퀴벌레 같은 지네 같은

어떤 존재는 뒷모습만 보고도 고개를 돌려버릴 때가 있다

한때는 분명했으나 지금은 기원조차 모호하지만

아무리 숨겨도
마음의 오지에서 꾸역꾸역 흘러나오는
역류하는 슬픔 같은

생활이 한 발 물러선 자리에서
휴식을 방해하며 나를 시험하는 것들
정당한 폭력처럼 휘두르지만 돌아서면 뒷덜미를 붙잡는

박멸되지 않는

우리가 계단이라 부르는

계단은 수직의 가파른 세계라
인내와 조바심이 필요하다
성급하게 달려드는 순간
발목을 꺾어버린다

한 발 한 발 오를 때마다
계단은 상승하고 나는 하강한다는 생각
집요하게 나를 시험하고 있다는

견고한 저 조직이
일부러 발을 걸어 나는 넘어지고
모서리에 차여 뒹굴고 마지막 바닥조차 나를 외면하고
도전도 반항도 못하고

오롯한 저 단결이 끝없이
아래로 아래로
나를 굴려버릴지도 모른다는

아무리 올라가도
계단은 바닥의 바닥이라

상승하는 기분은 느낄 수 없고
날아오를 수도 없고

한결같은 오와 열로 무장한 채
날마다 사람들을 불러모으고 또 내보내고
맹목적으로 타고오르다 무릎 찢기고
상처를 꿰매고 다시 오르고

늙고 굽은 허리들이 한숨 쉬며
온몸 부르르 떠는

풍경은 감흥이 되지 못하고

승용차 한 대 끌려가고 있다
흉측한 몰골, 비극적 최후가 생생하다

피할 수 없는 운명이었거나
우발적인 실수였거나

허공에 발 묶인 앞바퀴
속도를 제어하지 못하는 브레이크와 액셀러레이터

구르는 관성만 남은 뒷바퀴가
구겨진 차체를 간신히 붙들고 있다

식어버린 엔진은 추격할 목표가 없고
풍경은 감흥이 되지 못한다

세상의 모든 길은 돌아앉았고
밤낮없이 질주하던 분주한 일상도 멈춰버렸다
화려한 명성과 당당한 포부도 주저앉았다

경쾌한 비트에 콧노래 부르던

아스팔트의 날은 다시 오지 않을 것이다

텅 빈 내부에서는 어떤 사건과 공모도
슬픔과 웃음도 새어나지 않고
외부 세계와 교신하던 창문도 더 이상 열리지 않을 것이다

한때는 아늑한 처소였고
미지의 탐험을 향한 날개였으며 생활의 전부였던
목숨 하나

다시는 돌아올 수 없는 길을 천천히 묻어가고 있다

아울렛

생활의 무거운 짐은 당신을 내려놓습니다

깃털처럼 가벼워진 당신은
천국의 계단을 붕붕 날아다닐 테죠

원하는 무엇이든 될 수 있고
상처받지 않는 날개를 가졌습니다

화려할수록 당신의 가치는 올라갑니다

뮤지컬 배우가 되고 싶은가요

커리어우먼
당당한 프리랜스는 어떤가요

실패와 좌절이 당신을 울렸나요
앞날이 막막한 당신을 뻥, 뚫어줍니다

은은한 조명
눈부신 의상

사람들의 웃음과 환호

레드 카펫 위를 유유히 걸어가는

당신을 맘껏 연출할 수 있는
당신의 미래 제작소

당신을 잊을 수 있는
당신의 세계

난감한 가로수

사지가 절단된 채 벌벌 떨고 있는 나무를 본다
저주받은 몸이 치욕을 견디며 서 있다

불구의 몸이 날로 심해지는 매연을
어떻게 다 견뎌내라는 건지

속도를 숭배하는 이 도시는
매일 신형 브랜드의 전시장이 되어간다

한 뼘 오를라치면 내리치는
단호한 칼날

몇 남지 않은 잎으로는 날아오를 수가 없다

삭막한 문명 한가운데서
푸른 그늘 일궈왔는데
이제 제 몸의 무게 감당하기도 힘겹다

전봇대처럼 머쓱한 몸통이
흉물스런 옹이만 멍처럼 키우고 있다

뿌리를 땅속 깊이 뻗어보려 하지만

척박한 땅이 도로 위로 밀어올려
하지정맥류처럼 불거져 나와 있다
이제 남은 것은

마지막 한 잎마저 떨어져
아무도 그 쓸모를 모른 채

이 도시의 조롱거리가 되는 것

야성을 찾아서

공원을 어슬렁거리는 저 개
주인이 없다

당나귀같이 출렁거리는 큰 귀와 의젓한 품새

태생이 천박해보이진 않는다
한때는 주인에게 사랑받았을,

군데군데 털 뜯겼다
오랜 노숙으로 사나운 짐승의 습격받았는지
몰래 훔친 음식값을 대신했는지
집 잃은 고행이 참, 모질다

아무에게도 꼬리치지 않는다

안락한 잠자리와 기름진 음식
잔등을 쓰다듬던 부드러운 손길이 다시 오지 않으리란 걸 안다

한 발 한 발 바람 속을 걸으며

오래 전 몸의 기억 불러내고 있다

비틀거리는 몸 간신히 부축하며 다리에 힘주어보지만

황야를 거침없이 달리던 야성의 눈빛은
좀처럼 되살아나지 않는다

삽화

그러니까
포클레인 군단이 들이닥치기 전 평화롭던 한 시절의
소와 아이들과 들판과 강물의 이야기

먼 곳에 들판이 있었고 넓고 얕은 강물이 혈관처럼 흘렀는데

아이들은 그곳을 큰내라 불렀다

풀밭 위를 뒹굴다 지치면 아이들은 강물 속으로 뛰어들었다

함께 소풍을 나온 소들은 풀밭을 거닐며 배를 불렸다

날이 저물면

풀밭 소풍을 마친 소들이 주인을 찾느라 우왕좌왕했다

강물을 포식한 아이들은 까맣게 잊어먹은 소를 찾느라 허둥댔다

놀란 황소 눈이 된 아이들, 강 너머 마을 불빛들이 애잔했다

어둑한 들녘을 가르며 소와 아이들의 긴 귀가 행렬이 나아갈 때

개구리들 함성이 우렁찼다

아이들은 개선장군이나 된 듯 우쭐했다

새까맣게 탄 민소매 아이들이 마을 어귀 도착하자

소들이 먼저 알아차리고 콧김을 내뿜었다

포만한 하루를 보낸 크고 유순한 눈망울들은 고요했다

집집마다 솟은 굴뚝에서는 밥 짓는 연기 뽀얗게 구미를 당겼다

쇠줄을 힘차게 흔들며 아이들이 각자의 집 안으로 안겨 들어갈 때

서쪽 하늘에선 샛별이 총총히 걸어나와 문간을 비춰주었다

폐가

한 시절이 지나간 것이다 아무도 부르지 않는 골목이며 빈집들 플라타너스 정자와 공터 살구나무 언덕

그 무렵 나는 학동으로 저 집 툇마루로 놓여 뒷산 뻐꾸기 울음소리며 담장 너머로 들려오는 이웃들의 사소한 농담을 자장가로 들으며 낮잠을 즐기곤 했는데 지금은 세월에 방치된 채 침묵만 주인으로 앉혀놓고 있다

사람의 온기가 사라지면 집은 금세 늙고 병든다 벽은 단박에 혈이 끊겼고 곧추섰던 기둥은 주저앉았다 굽은 어깨 드나들던 문지방은 빈 바람과 들쥐들의 아지트가 된 지 오래, 발설하지 못한 가문의 내력을 엉거주춤 껴안은 채 낭패한 표정을 짓고 있다

소란은 다 어디로 달아났는가 하루도 잠잠하지 않던 악다구니와 한숨, 고함치며 뛰노는 아이들, 개 짖는 소리가 심장박동처럼 울려대던 날들이 결국 저런 폐허를 몰락을 증언하는 일이었다

옛사랑은 찾아가지 않는 것이다 마음속 앨범을 가만히

들추어보는 것 그러다 망각의 강물에 흘러가도록, 폐가는 지금 어둠에 묻혀 있다

이제 저곳은 사람의 기억을 지워 아무도 집이라고 부르지 않는다

카페, 둔치도

별장 하나 갖는 게 쉬운 일인가

틈만 나면 휴양지 찾아 국경 넘나드는 사람도 많다지만
사글세 전전하는 사람들 생각하거나
심산유곡에 별장 하나 지어놓고 은밀한 접대로 곤욕치르는 이들 보면
아무래도 내겐 사치스러운 일 그럼에도

형편은 허락지 않는데 한 채 건사하고 싶다면
마음에 하나 들여놓는 건 어떤가

도심에서 한 시간 내달리면 닿을 수 있는 곳
돈 달라는 사람도 받는 사람도 없고
요량껏 가난한 마음만 밀어넣으면
야생화 지천인 들녘이 푸른 하늘 받들고 있는
별장 한 채 소유할 수 있다는데

어떤 고마운 당신이
각박해지는 세상 달래주기 위해 열어놓은 쉼터라는데

아무나 들어와서 거들먹거려도 다투는 일 없고
제가 관리하는 정원인양 휘휘 둘러보면서
주방엔 구워먹을 수 있는 흰 빵과
무료함 달랠 수 있는 주전부리도 있으니

오래 머물러도 배고프지 않고
본채 하나에 자연 담은 사랑채가 곳곳에 널려 있어
가는 걸음 붙든다는데

한 시간 달음에 하루치 별장을 구매했으니
천 평도 넘는 들판이 내 것
사계절 철새들이 계절을 연주하기도 하는

글루미 먼데이

미명을 깨워 가는 곳은 어디인가
충혈된 눈빛으로 질주하는 바퀴는
숲속을 헤매는 허기진 짐승 같다

세상은 아직 잠꼬대 중인데
어떤 울음이 벌써 길 떠나나

간밤의 혼돈을 수습하는 빗자루엔 고단한 잠이 아직 묻어 있고
고행으로 걸어가는 무거운 책가방엔 우울한 미래가 가득하다
건강을 길러가는 약수통엔 불안한 시간이 덜컹댄다
조깅하는 강변은 불면의 안개

경쾌한 클래식이 가속의 페달 밟아도
지상을 잠식하고 있는 그늘 떨쳐버리지 못한다

먼바다 수평선 너머에서 붉은 신호탄이 터진다
혼곤한 잠이 무거운 생활을 지고 걸어나온다
찬바람이 얼굴 할퀴며 시치미 떼고 간다

사거리 횡단보도마다 가속을 제지당한 바퀴들이
빵빵거리며 규탄하고 있는

■ 해설

'지금, 여기'에서 부르는 '먼 곳'의 노래

우대식/ 시인

이환의 시집『아무에게도 해독되지 않은 문장』은 두 가지 욕망에 가로놓여진 현대인의 자화상을 그대로 보여준다. 하나는 '지금 여기'에 살기이며 다른 하나는 '지금 여기'로부터의 탈주가 그것이다. 이 시집 전체를 규율하는 '문명비판'이라는 것도 기실 '지금 여기'에서 어떻게 살 것인가 하는 문제와 그 끈이 닿아 있으며, 그럼에도 불구하고 '지금 여기'라는 세계가 가상의 것일 수밖에 없다는 자각은 너머의 세계에 대한 지향을 보여준다.

이 두 가지의 욕망에는 어느 것 하나 우리가 보통으로 기의記意하는 세계로서의 아름다움은 존재하지 않는다. 오히려 아름다움으로 기의된 세계를 낱낱이 들여다보고 그 허구를 냉소적으로 바라본다는 점에서 이 시집은 낭만적 비극주의로서의 그것이 아니라 존재의 비극성을 적나라하게 노출하고 있다. 한국시의 낭만성은 모더니즘, 리얼리즘 더 나아가 환상적인 상상력을 구사하는 시에도 오롯이 새겨져 있다. 한국 모더니즘이 문명비판이라는 커다란 모더니즘적 방법론을 애써 외면해왔던 이유는 사회학적 문제로 따져보아야 할 것이나 그 그림자는 의외로 깊고도 넓은 것이어서 쉽게 극복될 것으로 보이지는 않는다. 이환의 이번 시집은 그러한 의미에서 그만의 고독이며 그만의 성취라 할 수 있다.

「시인의 말」은 이 시집의 속성을 규정해놓고 있다. "부르고 싶은 노래는 늘 먼 데서 들려오고/ 아무도 제 상처를 다 울지 못하네". "먼 데"서 들려오는 노래란 '지금 여기'에서 부를 수 없는 노래라는 의미가 함축되어 있다. 그것은 그가 부르고 싶은 노래가 현실적 지각의 대상이 아니라는 말로 바꿀 수 있을 것이다. 따라서 시인이 할 수 있는 일이란 사물과 현상을 들여다보고 그 원래란 무엇인가를 사유하는 것이다. 보이지 않는 것을 그리는 것이 현대예술의 대표적인 미학적 방법론이라면 이환의 시도 발상의 측면에서는 유사하다. 보이지 않는 길을 찾아 더듬거리며 나가고 있는 형국이다. 그러니 제 상처를 다 울 수는 없는 일이다. 울면서 가는 길이 그에게는 시의 길이다.

유명하기로 치자면 근방에서 그는 일인자다 대부분의
유명인이 그렇듯 사람들은 그를 아는데 정작 그가 아는
사람은 없다는 것, 그는 늘 열려 있는 무료 박물관 같아서
아무 감동도 없이 누구나 쉽게 그를 들락거린다 아침과
저녁 영하와 폭염에도 변함없는 자세로 이 문명에 처음
도착한 원시 부족민처럼 텁수룩한 수염에 꾀죄죄한 얼굴

로 앉아 있다 앉아 있는 일 외엔 아무것도 할 수 있는 게 없는 사람처럼

이 도시는 마냥 춥고 무료하기만 해서 이따금 손을 부비거나 꾸벅꾸벅 졸기도 하면서 태아처럼 웅크리고 있다 밥은 어떻게 먹고 잠은 어디서 자는지 밤이면 제가 떠나온 먼 나라의 아득한 동굴에서 눈을 붙이다 오는지 마른 풀과 나뭇잎 몇 장 데리고 낯선 문명의 탐험가처럼 앉아 있다 어느 날 누가 건네준 빵 한 조각과 소주병이 이상한 나라의 이상한 음식 같아서 겨우 겨우 입술을 적시며 삼키는 것을 본 적이 있다 오래된 슬픔처럼 한 모금씩 느릿느릿하게

이런 장난 같은 21세기도 있다는 듯 모든 것을 통과하여 마침내 최후의 지점에 도달한 사람처럼 이곳만 버티면 원하는 그곳에 이르기라도 하는 것처럼 그 꿋꿋함에 아무도 다가가지 못하고 그는 계속 버려지고 있다 버려져도 버려지지 않는 꿋꿋함으로 앉아 있다 저러다 사라져도 하나도 아쉬울 게 없다는 듯이 생을 송두리째 거리에 헌납한 사람처럼 저만 모르고 다 아는 절대 오지 않을 고도를 기다리며 아무도 부러워하지 않는 자유인처럼 그는 앉아 있다

—「고도를 기다리며」 전문

이 시는 '지금 여기'의 문제를 아이러니한 방식으로 우리에게 보여주고 있다. 낯익은 하나의 풍경을 낯설게 제시함으로써 그 동안의 우리의 사유가 얼마나 편협한 것인가를 보여주고 있다. 보통 노숙자를 대상으로 한 시에서 보여주는 디테일한 묘사를 통한 각성이 이 시에는 보이지 않는다. 몇몇 묘사가 없는 것은 아니지만 이 시에 방점이 찍힌 부분은 "낯선 문명의 탐험가"라는 부분이다. 여기 등장하는 노숙자는 대상으로 존재하는 것이 아니라 사유의 주체로 등장한다. 노숙자를 통해 시적 화자가 느끼는 것은 "이런 장난과도 같은 21세기도 있다는 것"이다. 어쩌면 이것이 시인이 생각하는 '지금 여기'의 지평일지도 모른다.

예술의 방법론으로 아방가르드를 지지했다는 점에서 차이가 있을 것이나 당대에 대한 인식은 아도르노의 견해를 참고할 만하다. 아도르노는 거대한 수용소인 자본주의를 '합리적으로 관리되는 비합리적인 사회'로 진단하고 더 이상 예술이 '아름다운 가상'일 수 없다고 판단하고 따라서 예술은 아름다움을 초기화해야 한다고 주장한다. 이것은 근대가 쌓아올린 허구적 개념에 대한 비판을 포함한다. 보편적 방식의 사유로서는 마치 현자가 되어버린 것 같은 노숙자를 이해할 수 없다. 노숙자라는 대상을 바라보는 객관적 타자보다 노숙자가 더 자유인의 형상을 하고 있기 때문이다. 이러한 태도에는 두 가지의 인식적 층위가 있을 수 있다. 문명의 비인간화가 그 하나라면 다른 하나는 근대적 가상의 허구 세계에 대한 혐오이다. 그 어느 것이든 문명에 대한 아이러니를 이 시는 보여준다. “절대 오지 않을 고도를 기다리며 아무도 부러워하지 않는 자유인처럼 앉아 있”는 노숙자의 형상을 통해 자유인을 가장하고 살아가는 일상의 허구를 반어적으로 조소하고 있기 때문이다.

그럼에도 불구하고 “문명이 쌓아올린 성채는 좀체 무너지지 않는다”(「그날 저녁의 문장」 부분)는 시적 진술은 이환의 시가 가진 비극성을 보여주는 지점이기도 하다. 더 나아가 “나를 재단하는 자는 언제나 그이거나 다수의 그들이다”(「그날 저녁의 문장」 부분)는 진술은 합리와 이성의 이름으로 쌓아올린 ‘합리적으로 관리되는 비합리적인 사회’에 살아가는 자신의 정체성에 대한 고뇌를 가감없이 보여준다. “어쩌면 우리는/ 발각의 위험에도 모험을 감행하고 있는 가장된 문명인들”(「그날 저녁의 문장」 부분)이라는 진술은 보편이라는 이름의 가치가 지닌 허구성 속에서 살아갈 수밖에 없는, ‘지금 여기’에 살아가는 사람들의 슬픈 자화상이라 할 것이다.

이 시집에서 문명비판의 구체적 양상은 사회적 존재로 살아가기 혹은 살아남기의 행위로 나타난다. 그 이면에는 관계성의 부재와 왜곡된 관계성이라는 비판적 태도가 반영되어 있다.

지하철은 사람들로 빼곡한데
아무 소리도 들리지 않는다
누구도 예외 없다
탑승하는 순간

이곳의 필수 아이템인지
얼른 가방 속을 뒤져 저만의 아지트로 들어간다
지금은 부재중 팻말 하나씩 내건다

사람들은 어디든 모여 있는데
공유하는 장소일 뿐
허기진 욕망 채우고 나면 시간은 금세 무료해진다

당신이 보여줄 수 있는 세계는 얼마만큼인가
매번 나를 즐겁게 할 수도
긴장과 서스펜스를 연기할 수도 없다

우리는 금방 막막해지는 타인이라서
가벼울수록 편리하다
자주 어울리지만 따로 논다
그러므로

당신은 없는 사람
잠깐이면 당신은 끝나고
우리는 서로에게 가끔씩 존재한다

당신은 유한하고 접속할 대상은 무한하다

손끝의 마법으로 주문을 걸면
접촉을 기다리는 동그랗게 눈뜬 숫자들

수많은 당신들

—「나는 접속한다 고로」 전문

데카르트의 유명한 명제 "나는 생각한다. 고로 존재한다"는 말은 오랫동안 근대성을 상징하는 깃발로 펄럭여 왔다. 이성이라는 인간 주체의 절대적 능력에 대한 무한한 신뢰가 이 명제에는 담겨져 있다. 패러디의 형식을 띤 이 시의 제목에는 인간 관계의 파탄이라는 비극이 담겨 있다.

지하철에 탑승한 후 벌어지는 일련의 상황, 핸드폰을 꺼내고 이어폰을 끼고 "저만의 아지트"로 향하는 현대인의 모습은 자연스럽기까지 하다. 오히려 타인에게 말을 건다든지 쳐다보는 행위는 범죄에 가까운 것으로 취급될 확률이 높다. 당신과의 관계는 완전히 청산되어 있다. "당신이 보여줄 수 있는 세계는 얼마만큼인가/ 매번 나를 즐겁게 할 수도/ 긴장과 서스펜스를 연기할 수도 없다"는 시적 진술은 관계 청산의 구체적인 이유가 될 터이다. 즐거움과 긴장, 그리고 서스펜스를 줄 수 있는 것은 오로지 접속을 통해서 가능한 일이다. 시 제목의 뒤가 생략되어 있지만 접속되지 않으면 존재하지 않게 되는 것이 현대 사회의 존재방식이 될 터이다.

서로와의 관계가 "가벼울수록 편리하다"는 진술은 관계성의 극단을 보여주는 것이다. 따라서 "당신은 없는 사람" 즉 부재의 방식으로 존재하며 당신과의 관계란 잠깐이면 소멸되고 만다. "당신은 유한하고 접속할 대상은 무한하다"는 말은 좀 더 넓게 본다면 문명사회의 비인간성을 그대로 보여준다. "언제쯤 당신의 이마에서 구름의 산책을 노래할 수 있을까요"(「오늘은 내일을 모르고」 부분)라거나 "삶은 언제나 즐거운 놀이터가 될까요"(「오늘은 내일을 모르고」 부분)라는 독백적 진술은 그러한 비인간성으로부터 벗어나고 싶은 욕망이라 할 수 있다. 그러나 그것은 사회라는 이름으로 규정된 관념 혹은 형식들로 이루어진 것들이기에 쉽게 넘어설 수 없다. "나는 자꾸 유배되는 기분입니다/ 나는 매일 폐기되는 사람입니다"(「오늘은 내일을 모르고」 부분)는 고백은 현대문명 앞의 절망을 그대로 보여준다. 그 이면에는 사회적 이름 짓기 혹은 집단적 폭력이 존재하고 있다.

신나게 꿈을 달리던 미끄럼틀이 배를 뒤집고 쓰러진 후
놀이터는 버림받은 것들의 휴식처가 되어갔다

버려진 것들은 제 이름부터 내던진다
강요당한 가치를
막연한 기대와 조바심을

사물의 세계란
이름이 불리는 순간 제 몫의 크기로 몸이 굳는다
비로소 하나의 온전한 대상이 된다
이름은 관습이다

관습이란
얼마나 견고한 묵인인가
입을 막고 발을 묶어버린다

내가 당신을 부르는 순간
나는 당신을 규정한다
당신은 내 욕망의 이름으로 존재한다

우리는 계속해서 서로를 호명하며 욕망을 확장해나간다

관계는 깊어지고
진정한 이름은 그때 탄생한다

다양한 자세와 표정을 연출하며 우리는 간신히 살아 있고
익명의 순간을 견디지 못한다

놀이터엔 악착같이 붙들고 있던 열망의 이름들이
널브러져 뒹굴고 흩어지며 빗물에 씻겨간다

—「열망의 이름들이 뒹굴고 흩어지며」 전문

벤야민은 기호는 기표와 기의 자의적 관계라는 소쉬르의 언어관에 깊은 회의를 가지고 있었다. 그는 타락하지 않은 언어를 '아담의 언어'라 칭하며 아담의 언어는 사물의 본질을 드러내도록 이름하였기 때문에 술어가 없어도 직관적

이해가 가능하다고 했다. 바벨탑 이후 이러한 관계는 무너지고 사물을 객체화하기 시작하였고 근대문명은 언어를 자의적 기호로 취급하고 결과적으로 인간은 타락해갔다고 주장한다. 또한 자본주의 생산체계는 사물의 고유성을 상실시키고 사용가치를 무시한 교환가치로 변환시켰다고 비판하게 된다.

이 시는 언어로 규정됨으로써 사물성을 잃은 현실을 비판적으로 바라보고 있다. "버려진 것들은 제 이름부터 내던진다/ 강요당한 가치를"이라는 표현 속에 억압된 사물의 욕망을 읽을 수 있다. 이 시에서 말하고 있듯이 사물의 세계란 이름으로 제 몫을 부여받으며 "비로소 하나의 온전한 대상이 된다". 여기서 말하는 온전한 대상이란 사회적 관계 혹은 의사소통의 관계 속에서의 존재를 의미하는 것이다. "이름은 관습이다"는 명명에 가까운 표현은 바로 그러한 사물과 이름의 관계에 대한 통찰에서 비롯한 것이다. 김춘수의 「꽃」을 패러디한 표현에서 이름 혹은 호명을 주체의 욕망과 관련지어 표현하고 있는데, 이는 은유체계로서의 언어 탄생 이후 언어의 타락을 신랄하게 비판하는 근거가 된다.

'이름짓다'는 행위는 주체의 욕망일 뿐 사물과는 아무런 관련도 없다는 사실에서 아담의 언어가 타락했다는 것을 인지할 수 있다. 이제 이름이 사물의 본질과는 아무런 관련도 없다는 것은 사물이 인간의 착취 대상이 되었음을 의미한다. 버림받은 미끄럼틀에서 "열망의 이름들이 뒹굴고 흩어"진다고 인식하는 것은 근대적 인간의 관습 속에 매몰된 사물 개별에 대한 발견이며 동시에 그 연민이라 할 수 있다. 폭력이란 다수에 의해 선택된 관념 혹은 관습에 대한 복종의 요구에서 비롯된다.

「레이디보이」나 「명예살인」과 같은 시들은 다수자에 의해 억압된 소수자의 불우를 그리고 있다. 성적 관념은 사회적 규정일 뿐 개별자의 본질과는 아무런 관련도 있을 수 없다. 우리는 그것을 문화라는 이름으로 포장하고 강제하게 된다. 사회 혹은 문명의 유지라는 거대한 담론을 끌어대지만 그 억압에는 명백한 이유가 있을 수 없다.

시집 『아무에게도 해독되지 않는 문장』은 그러한 의미에서 일목요연한 세계를 보여준다. 전체로부터의 소외는 레이디보이를 "제3의 인간"(「레이디보이」 부분)으로 둔갑시키며, 성적 취향이 다른 경우 "거룩한 신의 이름으로/ 위대한 국가의 이름으로"(「명예살인」 부분) 용서받지 못할 자로 만드는 것이다. 이러한 일들은 특별한 그 무엇이 아니라 일상에서 집요하게 강제되는 현실인 것이다.

깜깜한 방에 나를 가뒀어요
벽에 던지고 바닥에 내동댕이쳤어요
장난감이었죠

네 살 된 그들이 낳은 그들의 아이가 갖고 놀,
장난감이 밥 달라고 징징대니 참을 수 없었겠죠
화가 나서 두들겨팼던 거죠

장난감이 우는 소리는 장난감의 소리일 뿐
장난감이 사람처럼 우는 소리를 낸다면
얼마나 신기했을까요

울어봐 더 울어봐
나는 북이 되어갔어요
북은 어떻게 소리를 내는지

짧게 그리고 길게
높게 또는 낮게 강하게 아니면 약하게
소리가 어떻게 한숨이 되고 절망이 되는지

북이 둥둥 울릴 때마다
북의 비명을 가락으로 들으며

신나게
더 신명나게
북채를 휘둘렀던 거죠

북이 멍들고 북이 북북 찢어지고 북이 부러지고
북이 고꾸라져 더 이상 북소리가 들리지 않고

북이 고요히 잠들어
소리가 멎고

—「북소리」 전문

이 시는 한 존재가 어떻게 억압되고 파멸에 이르는지를 알레고리 형식으로 보여준다. “깜깜한 방”이란 관습과 인습의 세계이며 “아이”들이란 관습과 인습의 세계에 매몰된 타자들이다. “그들”은 관습과 인습의 세계를 조정하며 한없이 편안한 삶을 구가하는 자들이다. 끝없이 북소리를 내며 북이 찢어지고 부러져 더 이상 소리를 내지 않을 때까지 강요되는 북소리에 대한 요구는 제도화된 사회성의 끝을 보여준다. 북소리를 낼 수 없을 때 집단으로부터 이탈이 되는 것이며 개별자들은 파멸의 운명을 맞이하게 되는 것이다.

이환 시인이 집요하게 추구하는 집단의 억압과 강제의 문제는 파멸된 근대성의 문제로 치환된다. 이성과 합리로 구축된 세계라는 근대의 이면에 도사린 폭력성은 인간을 병들게 한다. 물론 관습과 인습에 순응하며 세계를 살 수도 있다. 그러나 예술이란 이러한 상황에 대한 도전이며 되물음이라 할 수 있다.

‘지금 여기’는 살 만한 곳인가 하는 물음이야말로 예술의 고유한 영역일 터이기 때문이다. 부조리한 세계로부터의 탈주의 형식이 예술의 다른 이름이기 때문이기도 하다. 가장된 아름다움, 순응된 평화에 대항하는 데 예술의 가치가 있다. 그 탈주의 한 형식을 아래 시에서 만날 수 있다.

아무에게도 해독되지 않는 문장이고 싶다
한번의 만남으로 전부를 이해했다고 판단하는 건 오산

언제든 돌변할 수 있다

스타일과 내용을 바꿀 수 있다

한 발 다가가면 한 발 멀어지고
멀어지는 순간 가까워진다
상상은 자유

나는 당신의 오독이 즐겁다
그것은 나의 전략

눈빛이 달려오는 달콤한 긴장,
일은 그때부터 시작되지만
입술이 닿는 순간 틀렸음을 직감한다

끊임없이 생각을 바꾸고 다른 세계를 담는다
나의 묘약은 구름과 달빛으로 조제해서
당신을 녹여내는 것

당신은 자꾸 빗나간다

터져버린 후 검은 물이 줄줄 쏟아져나올 때
당신은 나의 본색을 알아차린다

나는 뚜껑이 열리지 않는 불량 텀블러다

―「텀블러」 전문

현대미학의 중요한 과제 중 하나는 다양한 해석의 과정이다. 근원적 진리로의 회귀란 없으며 다양한 해석을 통해 진리에 다가갈 뿐이라는 논리가 그것이다. 그러한 의미에서 "아무에게도 해독되지 않는 문장이고 싶다"는 욕망은 바로 관습에 물든 세계로부터 탈주하는 한 형식이 된다. 끝내 단일한 논리로 해석되지 않는 세계를 그림으로써 탐구의 대상으로 남고 싶다는 욕망은 예술의 한 과제에 해당할 것이다. 따라서 당연히 고정된 형식이나 내용으로부터는 거리를 가지게 된다. "한 발 다가가면 한 발 멀어지고" 싶은 욕망은 끝없이 해석을 요구한다. "나는 당신의 오독이 즐겁다"는 도발적인 발언은 시적 주체의 지향을 보여준다.

텀블러에서 무언가 마시는 행위를 통해 나와 너의 관계 나아가 시와 독자의 관계를 탐구한다. "끊임없이 생각을 바꾸고 다른 세계를 담는다"는 시적 진술은 이환 시인에게는 하나의 시론이라 할 수 있다. 하여 당신을 자꾸 빗나가게 하겠다는 결의는 그의 시가 평이한 세계에 대한 형상화를 거부하고 있음을 명백히 보여준다. 결국은 "뚜껑이 열리지 않는 불량 텀블러"로 남겠다는 의지는 단일한 해석을 거부하겠다는 의미인 것이다.

이환의 시는 사물에 대한 치열한 인식의 결과물이다. 그것이 시적으로 성공하였느냐 혹은 실패하였느냐의 문제는 당연히 해석의 문제로 남게 된다. '지금 여기'의 문제에 대한 철학적 접근은 오늘날 우리 시에서 그리 흔치 않은 형식이다. 그러나 진정한 예술은 늘 흔치 않은 것에서 비롯된다. 어떤 부류에 소속되기보다는 스스로가 부류가 되는 길을 선택한 것이다. 그 고집스러운 자화상을 함께 읽는 것으로 두서없는 글을 마친다. 서늘하다가 다시 뜨겁다.

자, 이제 어떡할래

눈에 불꽃 심지를 켜고

오뚝한 코를 더 치켜세우고

입술은 언어를 버려도 좋다

단단한 고집을 턱 끝에 몰아붙이고

넓은 이마에 세상을 담을래

자, 말해봐

귀를 자른 고흐처럼

갱 속에 들어가 광부의 심장을 살래

버림받은 임신한 창녀를 맞을래

권총을 들고 밀밭에 뛰어들래

—「귀를 자른 고흐처럼」 전문

현대시세계 시인선 **143**

아무에게도 해독되지 않는 문장

지은이_ 이환
펴낸이_ 조현석
기　획_ 고영, 박후기
펴낸곳_ 북인
디자인_ 푸른영토

1판 1쇄_ 2022년 11월 11일
출판등록번호_ 313 - 2004 - 000111
주소_ 121 - 842 서울 마포구 서교동 460 - 34, 501호
전화_ 02 - 323 - 7767
팩스_ 02 - 323 - 7845

ISBN 979-11-6512-143-3　　03810

이 책은 2022년 부산광역시 BUSAN METROPOLITAN CITY, 부산문화재단 BUSAN CULTURAL FOUNDATION 〈부산문화예술지원 사업〉으로 지원을 받았습니다.

책값은 뒤표지에 있습니다.
저자와 협의 아래 인지를 생략합니다.